KB162154

풍경의 그림자

홍지수 시집

오비올프레스

시인의 말

우리들의 꿈은 아직도 유효한가. 어제와는 다른 시간을 살아보는 거, 아까와는 다른 방향을 보는 거, 시를 쓰는 이유이기도 합니다. 시라는 것을 써야만 했던 시절이 있었습니다. 그러고보면 이 작은 글의 기록들은 삶의 여정에서 딛게 된 완충지대였던 것 같습니다. 먼 길을 돌아와 생각하면 세월은 이 많은 것들을 희석시키고 웅웅대던 말들을 모아 작은 시집을 엮습니다. 도움을 주신 모든 분들께 머리 숙여 감사를 드립니다.

2024년 2월
홍지수

풍경의 그림자

차 례

시인의 말

1부

2부

3부

4부

해설

1부

봄길

누구는 먼 길을 향해
떠났고 너는
막차를 타고 돌아왔다

아무려면 어때

길 위에서 악수하고
길 위에서 포옹하고
언덕 비비며

꽃들은 마침내 탄식하며
뭉글뭉글 피어나고

화사하게 웃는 저 길 따라
나도 가네 소리없이

장맛비

지붕 위로 떨어지는 한 옥타브는
먼 산을 더 짙푸르게
당겨놓고(활처럼)
보일 듯 감길 듯
깊어지는 소란들은 다정도 한데

멀리 더 멀리 흘러가는
세찬 선율들은 가다가 멈추다
돌아보기도 한다는데
슬픔이야 어느 것이든 건드리면
하염없이 수위가 차오르기도 한다는데

한때의 서늘함이 지나쳐가도
눈물 마른 적 없던 꽃송이
무엇에 빗대어 저 소란(騷亂)들은 또
움푹 패이는걸까

비 지나가는 저녁

비가 기습적으로 내리자 창이 우후죽순처럼 돋아나네 거
미가 곡예하던 그 곳에 삐뚤빼뚤한 음표들 빗방울로 흐릿
해지고 비가 또 두서없이 들이치자 온몸으로 막아서는 창,
여름 내내 창은 투명하게 열려 있었지 노랗고 둥근 해바라
기 한 쌍이 희망처럼 창에 어른거렸네 그 틈으로 빗줄기가
기웃기웃 이쪽을 엿볼 때면 바람의 시연보다 서늘한 눈빛
을 보네 절묘하게 멀어졌다 필연처럼 빗나가며 가슴 한켠
에 낙숫물 또박또박 시차로 굴절되는 소리들 풍경의 그림
자가 운신의 폭을 어둑어둑 지우고 있다

문득

아침에 눈뜨면
고요가 실루엣을 한 겹 한 겹
걷어내며 얼굴을 지운다

쌀을 씻어 첫 물은
낯선 그 먼 땅으로 흘려보내면
지상의 나무들이
언 몸을 녹이며 잎을 틔우는
이것도 사랑이라고

맑은 물이 손등을 반을 덮고
참방참방 쌀을 안치고 기다리는 동안
저편에서 이쪽으로 건네는 인사
이것은 그리움이라고

한 그루 나무가 그늘이 되고
슬픔을 알아갈 때
가지런히 차려진 아침을
조금씩 떠서 생을 채우는

울진, 그 집

바다는 저물도록 취해 있었습니다만
내력은 캐묻지 않기로 했습니다
우리는 바다 반대 방향으로 걸어가서
심연 같은, 담배 한 개비를 문
사내 곁을 지나 익숙하게
주문을 넣었습니다 알전구가 사내의
낯빛처럼 푸르스름한 식당 한쪽에
물고기처럼 뒤척이던 그녀가
방어회 한 접시를 올려놓고 유유히
바다 뒤안길로 사라집니다
사내는 주섬주섬 접시를 둥그렇게
놓아주고 느릿느릿한 지느러미를 푸득이며
식당 귀퉁이에 방점으로 찍힙니다
그가 옮겨놓은 쌉싸래한 나물이 문득
궁금해집니다 사내의 희미한 음성은
단풍나물로 들렸다가 그것이
방풍나물로 고쳐 듣습니다
해안 방풍림처럼 흔들리던 사내의 손
파도에 철썩이는 슬픈 고래 한 마리

복사꽃 연서

먼 산 산벚꽃도 좋지만
가까이서 본 그대는
환장하게 설레더군
트로트 한 소절처럼 절창이었어

출출함을 달래려
막국수집 가던 발걸음
오래오래 붙잡던

사월 문득
사는 일이 못내 서럽거든
그대에게 가서
기도처럼 고백해도 좋겠네

앳된 얼굴 번개처럼 스쳐도
한 번 보고는 평생 못 잊을

가지마다 순연히 불 밝히고
가슴마다 별처럼 콕콕 박혀서

지상의 우리는 연분홍 잇몸을
활짝활짝 열고 있다고

꽃의 소묘

화병의 꽃들은 표정을 바꾸고
차츰 도달할 지점을 향해 가는지
코도 눈썹도 북향으로 놓여있어

수많은 날을 지나온 당신도 지금
황량한 겨울이야
시든 꽃처럼 무성의하네
그림자는 환한 얼굴을 추억해
노랑이었고 분홍이었던

몰락은 피로가 아니야라고 힘주어
말하던 너

향기를 모으기 위해 견뎠던 일
살기 위해 눈 감았던 날들
약속이나 한 것처럼 공범이었던

너는 기습적으로 말하지,
저 무표정들을
언제 치워 버릴래?

피도 눈물도 없이 번쩍이던 말

몹시 추운 날
태생을 버린 아이처럼

하지만 기억해, 너의 쓸쓸한 말이
동그랗게 씨앗으로 부푼다고
심장은 달아났다가 문득
뜨거워지는 법이야

물무리골의 가을

낙엽이 수북이 쌓인
산기슭에
이제 막, 푸르름을 치장한 이파리들
나부끼는 웃음들

설핏, 눈초리 고운
단풍나무 곁에
살짝 삐친 떡갈나무
팔뚝에 힘주는 굴참나무
곁에곁에 보랏빛 구절초
한 소절

눈에 툭, 밟힌
새끼손톱만 한 자벌레
한 마리
여릿여릿 환영처럼 멀고

고요를 떠메고 가는 가을 산은
늑골처럼 붉다

밤기차

내 친구 순이도 기차 타고 고향을 떠났지
초등학생이던 순이는 아버지가
갱이 무너져 죽었다는데 울지 않았어
순이가 울면 나도 따라 울고 싶었네
그날 밤 기차는 아우라지를 지나
구절리 산천으로 내달으며 악을 쓰듯
대신 울었지

기차는 정선역에서 지금 막, 영월역을
지나고 있네 덕포 오일장 공터를
슬로모션으로 달리네

내 친구 순이는 기차 타고
골짜기를 지나 평지로 건너가서
영영 돌아오지 않았네
험한 일 겪고도 눈두덩만
불그레져서 덤벙덤벙 또 지나갔겠지
밤기차처럼 어둠을 휘적휘적
젖히며 달려갔겠지

처서 지나고

그 뜨거움이 스산해져
깊어진 강처럼
그대 이마에 굽이치는 강

무릎을 껴안고 시를 읊는 사람처럼
먼 길 돌아온

어깨가 좁은 저녁을 보다가
비루한 날들의 제복을 꺼내 입었네
소매가 닳아 여전히 어여쁜
내
생

유난히

수박을 반으로 잘랐더니 빨간 속살에
유난히 까만 씨앗 투성이다
도려낸 것을 툭툭 건드리니 수박씨가
우수수 쏟아졌다
내면에 꽉 찬 형형한 눈빛이라니

유난히 어둑어둑해지는 날들이 있었다
침묵에 떠밀려 가는 말들을 지켜보는
눈빛은 수박씨만큼 선명했을까
묵시적인 것만큼 도드라지는 건
어둠뿐이란 듯이

가고 싶은 곳을 끝내 가지 못하고
눈빛만 또렷한 수박씨처럼
서럽고 붉은
내 마음의 오지, 환하다

2022, 여름

촘촘한 그물에 아침 햇살이
흰빛 물결로 그득하다

눈 뜨자마자 매미들은 운명의
곡조를 읊조리고 토해내고
짧은 노래 긴 울음 모질고도 갸륵하다

저 운율로 허공에 집을 짓고
사람들은 뜨거운 한낮
숨어들기에 서늘한 곳

쓰나미처럼 스러지는 여운 맴돌며
세상의 그루터기 힘껏 빨아올리며

그날 이후, 그물망에 포위된 매미 몇 마리
더 이상 목청껏 울지 않았다
살아 낸 죄밖에 없는
아무도 그 이유를 묻지 않았다

대설주의보

법흥사 대웅전 마룻바닥에
무릎 꿇고 머리 조아린 무념무상의
중생은 허리가 꺾인 줄도 모르고
스님의 염불따라 눈들은 나풀나풀
산허리를 돌아가고 기도는 적멸보궁
능선을 향해 억겁으로 쌓인다
눈사태같은 간절함인지 묘연한 꿈인지
생시의 오비이락 같은 눈발들의
굵어지는 눈빛을 쫓아가다 보면
목탁소리가 염불소리보다 잦아들 때마다
시름은 희미해져 가고 염원은 벅차오른다

백세

눈 오는 날에는 눈을 맞으며
비 오는 날에는 흠뻑 젖었지
하늘의 순리대로 뚜벅뚜벅 걸어가서
눈사람이 된 사람아
벼랑 끝도 무섭지 않을 벼린
세상 끝에서 뒤돌아보면
반짝이는 별들 목숨처럼 따라오는
한 권의 경전 같은 아버지가
백세가 되셨다

길 위에서

밤하늘의 무수한 별빛을
기억해야 하나 오래전 연민에
기대고 살아가야 하나

월정사 금강문을 지날 때
화르르 날아오르던
새떼들

천년의 그리움이 깃들면 새처럼
가벼워 질 수 있을까
성근 육신을 공중 부양 할 수 있을까

있는 마음이라도
온전히 붙잡고 시방을
날아오를 수 있다면, 있다면

예감의 새처럼 한쪽 기슭에
부리를 묻고 천년을 살겠네

추억1

구름은 한 조각씩 운을 떼겠지

다음 말을 잇기 위해 흘러갔던 날들

구름의 형식으로 안부를 물었지
햇빛 사이로 여우비가 지나갔지
술래처럼 천천히 눈을 감았지
한동안 아무것도 잡히지 않았지

문장이 되어, 뭉게뭉게 건너가서
그곳에서 아득히 살았지

추억2

등대를 보러갔네
나의 노스텔지어, 날마다 흘러간 음계는
층층 에머럴드 빛

바다를 저 멀리 펼쳐두고 등대는
휘파람을 불며 난간에 매달린 새처럼
열흘을 굶고도 최후를 살았네

흰 얼룩의 파도는 소리쳐 부르는 너의 노래

남쪽나라 등대를 보러 갔네
나의 노스텔지어, 날마다 날마다 흘러든 음계는
층층 에머럴드 빛

그해 정동진

기차를 타고 다다른 곳
당신은 평생을 한 번 다녀간 길이란다
먼 곳도 아닌데
칠십 평생을 걸려서 왔다하니
아뿔싸, 동해의 심연은 무슨 죈가
낭창낭창 들려오는 파도 소리는
무슨 억하심정인가

돌아가지 말자
저 파도 소리에 목매고
전장으로 고개 돌리지 말자
바다를 두고 낙타를 타고 간들
무슨 소용인가

까묵한 갈매기 날개짓에
썰물은 밀물 되고
해안선을 따라
세월은 돌고 돌았다

이제는 먼 곳으로 가야 한다고

늦출 수 없는
생의 한 면을 접으며
바다는 검푸르게 그 날을 추억했다

기차를 타고 가지 말자 편린의 파도를
한 사나흘 수평선을 넘다가
생이 고파지면
돌아가도 늦지 않으리, 늦지 않으리

2부

첫눈이 내리면

눈가가 촉촉한 새들이
마른 하늘가로 가서 눈물을 흘리네
이런 날은 허밍하듯 시를 쓰고 싶어
우우우 우우우

휘날리며 달려드는 날개 같은 시
그 날개에 오래전 농담을 싣고 사뿐사뿐
추락하고 싶어, 거침없이 황홀하게
우우우 우우우 우우우 우우우

떨림에 눈을 반쯤 감겠지 눈동자가 생기겠지

저녁 무렵

산사의 적막은
목탁 소리로 길을 연다

우거진 숲
미로를 헤쳐온 길을 따라
군데군데 허물어진 집들이 보이면
흐릿한 알전구 같은 생
깜박이며 휘장을 내걸고 있다

멀리 왔구나
아득하구나

상념의 뒷짐을 질 시간도 잠시
징검징검 건너 온 세월이
숙연해졌다

때마침 비수처럼
절집 추녀 끝을 지나는 일몰

장엄하게 하산하는
저녁 무렵이었다

겨울바다에 갔었지

한쪽 날개를 잃고
사라진 어깻죽지의 슬픔을 만져 보았다
이제부터 머나먼 나라의 말을 배워야겠다
파도의 수위를 가늠하는 대신
차오르는 수압을 낮춰야겠다
주술 같은 언어를 삼키면 화석이 된 날들이
쏴아 파도에 실려 이국의 낯선 거리에
노래가 되고, 붉은 노을로 남겠네
눈에 가득 담은 바다가 출렁출렁 심해를 건너
가슴 한가운데로 쓰러져 흰 소금이 되는
절여진 바다의 역사
해풍도 돌아누워 바다의 지문을 새기는 동안
손가락 사이로 시린 말들이 펄떡거리며
은빛 상어 지느러미 되어 파도의 비문을 가른다

낭만

고양이가 어두컴컴한 저녁으로 간다
비 맞고 바람 막는 저녁으로 간다
하양 까망 눈동자에 어리는 의심의 눈초리로
어슬렁어슬렁 아파트 단지를 돌아

사람들이 모여 사는 곳에
해가 지고 별이 뜨고 달이 기울고
자고 나면 또 해는 지고, 고양이가 미처 보지 못한
오색찬연한 꿈,
한 지붕 아래 뻔한 먹잇감을 물고 유유히 사라지며

천도재를 지내며

연산홍이 필 무렵이다
그대를 만나러 가는 길이다
먼 산에는 눈이 하얗고 기슭을 내려온 눈이
분주하게 그대의 머릿결에 스민다
봄눈이구나 했을 때, 벚꽃이 화르르 몸을 떨며
시위하듯 일면식하다

침엽수처럼 울창한 시름의 언어와
눈동자 아련한 꽃들, 착하디착하게
한마음으로 둥글어 갈 때
흘러내린 얼굴을 태연히 그려 보았다
무심히 그려 보았다 희미한 파란이 모퉁이를
휘돌아 슬픈 어깨에 기대면
퍼렇게 질려 가는 꽃샘추위에 뭉텅,
산그림자로 내려앉는다

결빙

햇빛이 투명을 집어삼켰다
한 입
차가운 빛이여
막간을 비우니
손아귀가 단단해졌다
한동안 살아갈 힘이
오슬오슬
돋았다

나무 1

전생이 궁금해서 쓸쓸한
저녁
먼 곳에 두고 온
올리브나무 레몬나무 너도밤나무

솔베이지의 노래를 듣자꾸나

어둠의 새가 날아간 자리
말을 더듬거리며 알을 낳던 새
어떤 기억은 늙지도 않고

눈을 감으면
전생의 뿌리가 아득히 멀다

나무 2

우거진 숲속도 홀로 서 있는 것들도
저마다 그리움의 나이테가 있다
둥글어 가는 시간이 있다

기쁠 때나 슬플 때나
영원을 보듯 그대를 본다

나무 3

산불이 산천초목을 집어 삼켰다
어느 가신 이는
다시 쓸쓸하여 두 번 울었다 한다

시어나무 곁에 돌무덤이 생겼다

저녁의 눈들이 맹인을 데리고
서역으로 간다

나무 4

목발 없이는 저만치
갈 수 없는 날들이 있었지
외발로 서 보니 너라는 시련은 꽃이었구나

붙들고 있는 것들을 조금씩 놓으려 하네
상처가 밥이 되고 울컥,
넘겨야 할 뜨거운 국물처럼
살아갈 이유인 것도

아직 닿을 수 없는 너라는 그늘인 것도 새삼 알겠네

스킨답서스

마음을 열 때와 닫을 때가
있다는 것을 알았네

연두빛이 초록으로 기울던 시간
먼지를 흡입한 소음이 조용해지자
장맛비가 폭포처럼 쏟아지고 있었네

식물들은 오늘을 다
살아낼 듯 조용조용 꼿꼿하네
그러나 관자놀이는 편두통을 앓고

그리움만으로 사랑을 써 내려간
적이 있었네
통증만으로도 보란 듯이
잎은 무성했지

눈물을 그러모으고 살자 살아서
오지 않은 것들에게는
입을 다물고
푸르름의 날들에게는 두 귀를

달아 줘야지

그늘 아래서도 의지 하나로 철철이 푸른

장맛비 2

오늘 아침, 쨍하고 해가 떠서
대명천지다

하지만 눈 가리고 아웅하는
저
손
끝

빗물에 멍든 사람들이
생을 손 갈퀴로
움켜 잡아보려는
얼굴들이
흙탕물에 뒤엉켜 사라졌다

흐린 얼굴로 몇 날 며칠을
허우적거리며 헤엄치던 날
어설프게 배운 접영처럼
마음은 물밖에서 배회하는데

쨍하고 금이 간

두 얼굴의
하늘을 마주하다

겨울산

버티고 서서
견디고 견디다 돌아서
갈 때는
말 수 적은 사람
오던 길로 가보리라

동짓달 밤은 길고 설어
온몸 마다마디 바람드는데

말 수 적은 사람
등이 따스운
이 푸른 밤

3부

봄밤

눈앞을 스쳐 간 것이
시였는지
쏴아 파도의
썰물인지 밀물인지
한 모금의 술맛 인지
천수경 한 구절인지

누군가가 보낸
식은 메시지 한 줄
천천히 꺼내 읽으며
늦은 인사
안녕

거리에서

태백역에서 기차를 기다리는데
기차는 오지 않고 떠나간
그 사람이 그 거리에서
봄꽃처럼 걸어오는 오후 세 시

우주의 먼지처럼 가벼운 이별을 하고
기차의 고동소리 동굴처럼 파고 든다

한때 우리는 호시절이었지,
잔잔하게
무리지어 오는 햇살 속에
꽃잎처럼 날리는 세월처럼
기찻길 평행선은 간격을 두고
멀어져 갔다
길을 따라 지꾸만 멀어진 세월이
이제는 눈에 선하고

둘러보아도 뜨문뜨문한 얼굴들이
태백역 광장에
바람 되어 오고 갈 뿐

오후의 햇살이 등 뒤에서 채근을 하지만
나도 봄꽃처럼 걸어가고 싶었다

유월이 와서

물푸레나무 같은 여자가 있었지
굴참나무 같은 남자가 있었지

그리하여 반달로 떠 있는 날들

나를 떠난 것이 너로 하여금
여명과도 같을 수만 있다면

찔레꽃 진다

찔레꽃 뒤에 숨어
뻐꾹새 우는 밤

유월이 와서 바람은
더 너른 품으로 나뭇잎을 데려가지

가을 1

거처없는 한 사람이 길 떠나는 저녁

어깨를 들썩이며 조금 울어야겠다

나를 떠난 강물이 돌아온 것 같았다

나룻배 한 척 띄워야겠다

가을 2

먹구름 몰려드는 동강변에
소슬바람처럼 잠자리 한 마리
앉았다 일어섰다 날지도 않고
서성거렸지 계절이 당도했다는 것인지
아니면 허공의 길마저 지워 버렸다는 것인지
바람은 누누이 수풀을 뒤척이고만 있고

건너편에는 마스크를 착실히 쓴
젊은 아빠와 그의 어린 딸이 손을 맞잡고
풍경이 되어 흘러가는데 아직도
날지 못하고 돌부리에 걸터앉은 너
내 처지 같아 자리를 뜨지 못하고
한동안 서성거리고만 있었지

보름달

산달이 가까워진 여인이 배를 쑤욱 내밀고 걸어가고 있다

열 달 품은 핏덩이 꼼지락거리며
검푸른 바다같은 엄마 품속에서
한 닢 두 닢
꽃 같은 시절을 살고

어미는 온 마음을 다해 바다를 지킨다

아가야 아가야
볼우물 깊이 파지마라

둥글둥글 네 세상을 가지렴

춤추듯이

바람 부는 날 산에 올랐다
아무도 없다

세차게 흔들리는 전나무들의 쏠림
가지들마다 악공 되어 연주를 들려주었다
어둠은 앞을 다투며 지상으로 스며들었다
어둠도 뿌리가 있는지 길길이 뻗어갔다

나무들이 흔들릴 때 마다 내가 하는 일은
춤추며 앞으로 걷는 일
다만, 내 바람을 가볍게 하는 일

어제와 오늘의 행간이 멀어지고
나무와 어둠과 이른 봄이
엇박자로 비트는 소리

바람결에 춤춘다
흔들리며 흔들리며, 비로소 흔들린다

그게 그렇더군.

살다보니 당신의 이목구비가 전혀

떠오르지 않더군

마음으로도 온기가 전해지지 않았지

애석하게도 그것이 하나도 미안치 않았어

당신도 내 사정과 다르지 않다는 걸

아무렇지도 않게 무심히

새들도 서쪽 하늘로 날아가더군

당신

시 쓰는 아내한테 기념일에
다른 건 바라지도 않으니
시 한편 선물 받았으면 좋겠다며
지나가는 말을 하던 당신

아, 그 말에 마음이 쓰윽 베였네.
끝내 시가 되지 못하고 산문이 되는
밑도 끝도 없는 일상의 잔주름들이
혈관을 가로질러 잔물결 이는 것을

가까이 있어 그리운 것도 아니지만
어느 날 밖에서 마주쳤을 때
웬 낯선 사내가 어디서 본 듯한 얼굴로
휘적휘적 다가오던

지극히 산문적인 당신 거기 계시는군요.

핑계를 찾아서

어떤 말로도 위로가 안되는 날

어깨를 가벼이 내려놓고
어둠 속의 눈들을 응시하면
가야 할 사람처럼 뒤돌아보는 법 없는
커다란 무게를 이별이라고 말해야 할까

손바닥 뒤집듯 한세상 누누이 허물어질 때
머리 곧추세우고 제자리로 돌아와 앉은
핑계인 것만 같은 삶이
또다시 느슨하게 발목을 잡는다

막차를 기다리며
돌아갈 궁리를 해본다
헐렁하게 안전벨트를 묶고
안심한 표정으로 삶을 긍정한다

힘주어 반복적으로

무욕

초파일 아침 한없이 게으르다
오늘에서야 생각하니 가짜 신도였다
자비심은 수면위에 떠오르다 거품처럼 꺼지기
일쑤였다 그래도 오늘 같은 날 부처님 전에 삼배는
올려야 마음 한 조각 가벼워질 것 같아

절 뜨락에는 부처의 형상이 넙죽넙죽
쏟아지는 햇살을 반긴다
법문을 외운 인근의 초목들이 더 푸르러졌다
슬로건을 내건 불심으로
오늘에서야 종교도 신념의 한 처소가 아니겠냐고
발걸음 옮길때마다 푸릇푸릇 물들었다

불자들이 복을 빌고 돌아간 대웅전
쓸쓸한 염화미소의 간곡함이 서까래 지붕까지 닿아
있었다 금몽암 대들보가 반가사유하는
오후의 경내는, 텅 빈 듯
가득 채운 향이 사르고 있었다

고드름

말에 척추를 세우니
한참 고독해졌다

벼리지 못한 혀
말씀의 풍향은 째깍째깍
북서풍으로 차오르고

입안의 가시는 딱딱딱, 둔탁한 소리로
몸서리를 쳤다
당신의 어눌한 변명은
피노키오 코처럼 길어졌다

어떤 배후가 서릿발되어 쩌렁쩌렁
흐르지도 못하고
캄캄하게 우는 것이냐

오랫동안 누구의 심장에서
물구나무로 서 있느냐

망상을 지나며

주름진 얼굴 위로 배 두 척 떠있네

성난 이빨을 숨긴 파도가
턱 밑까지 차오르는 수심에
아우르며 풀어지기도 하는 것인지

동해를 품은 사람들이 서로를 마주보며
무언의 약속이라도 한 듯
바다는 내내 고요하고 화평하다

풍월로 들은 인도의 갠지스강까지 닿지 않아도
검푸른 심연에 마음을 눕히면 영혼에 파닥이는
물고기 떼 삽시간에 달려든다

바람은 망상을 지나 연곡을 거쳐
정동진 밤바다에 닻을 내리고
안인리 해변에서 마침내 물러지기도 하는데

갠지스강에 몸을 씻고 업장을 녹이는
영혼이 맑은 사람들과 온종일 빨래를 하는

구리빛 사내들의 얼굴과 겹쳐지며

바다에 오면 그의 깊은 주름이
해풍에 더욱 면면해지는 날이다

빛의 골목

매일 오고가는 길은 둥글다
오늘도 내일도 하염없다
문득 그 길이 구차할 법도 한데
익숙해지는 것들이 떠안은 몸

골목을 떠받치는 담벼락에 봄 햇살이 한 살림을 차렸다
아침 일찍 이삿짐 용달차 두 대가 서 있다
아이들 첫돌사진이 실린 용달차에 봄빛도 칸칸이 실려있다

매일 넘나들던 빛이 눌러앉은 골목길은 수런대며
안개꽃 한다발을 내민다

이삿짐 주인은 아직 젊고 젊으니
귀때기 시퍼런 세월 버티고 있으니
살림이 좀 남루해도 기죽을 것 없다

사진 속 아이들은 세상에서 가장 빛나는 얼굴인데
이번이 마지막 이사가 될 거라고
익스프레스 사다리 없는 마당을 향해
봄 햇살이 떡가루처럼 흩뿌려진 빛의 골목이 산다

대나무를 넘보다

한바탕 꽃소식에 내 눈은 멀었었다
꽃이 지고 근근히
마디마디 눈에 들어오더라
비척거리지 말고 대차게 달려와서
내 죽비가 되어다오

오래전 화계사 해우소에서 시퍼렇게 날 선
독기에 차츰, 심장이 펌프질 할 때
풀피리 소리가 웃자라 너를 키웠다

매일 길을 걸었지만 근간을 서성댔으니
일촉즉발의 발심에 대숲은 미동도 하지 않았구나
마디 굵어지거든 튼실한 배필이 되어다오

호락호락 하지 않는 줏대로 방풍림을 치고
내장을 비운 몸처럼 결연하게

제라드와 리베카*

저녁은 유년의 뒷골목처럼 당도했다

서둘러 긴 하품을 밀쳐 놓는데
어른을 흉내 내는 아이들이 다락방에서
아이의 놀이를 한다

우리 엄마는 집을 나가고 아빠는 다른 여자한테 갔다
시시콜콜하게 으르릉댔다
밤낮으로 분노가 주렁주렁 열렸다
아빠는 너란 여자를 만나서, 엄마는 왜
당신을 미워하게 만들었냐고

세상일에 서툰 나는 끝까지 무심해야 하는데
엄마가, 아빠가 그린 밑그림에 진창이 되어 가는데

다락방에서 아이의 놀이가
비 온 뒤처럼 서늘해지고
무력함이 자연스러운 건 그다음 일이었다

*윌리엄 트레버 소설 「아이의 놀이」를 읽고

아버지

소나무 껍질처럼 갈라진
손을 잡으면
옛날옛적 고리적 이야기
슬금슬금 기어 나와 부끄러워졌지요

새끼들 등에 업고 무거워도
내려놓지 못하고 그저
말없이 외길을 걸어오셨네

그 옛날 아버지 곁을 떠나 올 때
내 살길 찾느라 당신의 외로움을 몰랐지요

아귀 같은 딸년 나무라지 않으시고
순리대로 살라고 당부하시던

아버지, 순리가 뭔지 아직도 모르겠어요

山은 거기 있었네

몸을 부리는 건
낙타 한 마리 길을 잃고
돌기둥에 매단 그놈의 혹을 혹사하는 일이라네

산 아랫마을의 거처는 산비탈
푸른 속내의 등고선은 차오르고
정상이 가까워질수록
몸은 천 갈래 만 갈래 나뒹구는데

인간의 피 냄새가 그리운 까마귀들은
천제단 한배검 주위를 빙글빙글 돌다가
허공에 부리를 묻고 순식간에 사라졌다네

산그림자로 살다 간
숱한 바람의 기둥들은 회오리 되어 자맥질 하는데
태백산 등 허리는
누구의 발길질로 우뚝우뚝 솟아나는지

낙타 한 마리 그놈의 혹을 등에 업고
푸른 등고선 중턱에서

한 生을 몰고가네,

뒤돌아보지 않는 生이 그렇게

편의점에서

희망 두어 병 사서 열 평 남짓한 원룸으로 가자
그이와 내일을 속삭여야지
구름 두둥 떠다니는 하루가 귀밑까지 또 속삭였다네

여름 지나고 곧장 건너온 겨울처럼 너의 하루는
내게 엉겨 붙은 혹한 인줄 모르지

혹여 여기에 희망의 다른 말은 없나요
불시에 떨어지는 매혹, 저릿거리는 편두통을 지나
환한 애완묘 씽긋하는

만원을 내면 거스름 돈 대신 찰랑거리는 행복
그거면 돼요 며칠 주머니 속에서 만져지는
푸른 빛 한 줌, 입안에 쫄깃거리는 위안도 한 입

오래된 연인들이 지나가요
집도 절도 없이 또 언 땅을 보며 골목골목을 굽이쳐요
내일 다시 올까 봐요 누군가 몽땅 사 간 희망
만 원어치 선불로 놓고 갑니다

4부

한낮의 시네마

절찬리 상영중입니다

하늘은 으깨어진 아픈 나날이고요
푸르름은 한낮의 출렁이는 지독한 권태고요
사다리를 놓고 별을 따 준다는 그가
열 나흘째 행방불명이고요

그보다도 이 도시가 묵인하는
비밀의 아지트라는 거지요

이맘때면 어김없이 황사가 왔다고
꽃들도 비아냥거리며 후지게 웃던걸요
아카시아 아카시아 불러봐도 떨떠름한 눈물
오월이 가면 누가 또 환하게 울어 줄까요

여름

옥수수가 익어가요 잇몸이 근질거려요
대문에 딱새 한 마리 앉았다 가고요
몇 마디 흘리고 간 그 말을 골똘히
짚어 보기도 하고요

이죽이죽 그늘이 몰려오고요
그림자 키우듯 새끼들 키는 나날이 자라네요
앞산 옆산 뒷산 나무들도 둥치 불끈 힘차지요

마실 간 엄마는 어제도 오늘도
함흥차사구요 복실이는 밥그릇을 공 차듯 놀아요

바다를 머리맡에 두고 시를 끄적이고요
뱃고동 소리에 지레 멀미가 나요

소나기 지나고

천둥 번개가 지나간 자리에
물푸레나무는 전생을 살고

지붕 위로 떨어지는 열두 개의
수수께끼
후다닥 까치발로 달아나고

미치도록 터질 듯이
습한 생은

편집도 없이 출렁출렁 건너와
세 살 아이를
강둑에 버려놓고 가네

문상

생전에 당신은 다소 싱거운 사람
일테면, 아침에 핏대를 올리다가
애저녁에 먼 산을 떠메고
한참을 가서야 무릎 꿇던 사람

신발 한 켤레 놓여 있었네

왁자지껄 한바탕 울음인지 웃음인지
목 놓아 부르면
천신만고 끝에 허공을 짚던 이
파르르 손끝이 떨렸네

허물 벗은 하얀 나비
돌아보던
저
길

봄밤

장릉 가는 길
청사초롱
줄줄이 엮어놓은 꽈리 같다
콱, 깨물고 싶은 밤이다

가로등 곁에 물오를 대로 오른
치자나무

사방이 어둠으로 차올라도
연신 웃고 있다
밤모가지 비틀어도 웃음소리
걷잡을 수 없겠다

늦가을

예정된 시간이 당도했을 뿐
저 허공이 온통 붉다
새벽잠을 물리고
심지가 깊은 등잔을 켜두어야겠다

맑은 잔을 꺼내놓고
오래도록 독을 붓는 손
거침없이 살아도 죄가 되지 않겠다

끈

뜬금없이 당신은
필리핀으로 간다고 했지요
베트남이라고도 한 것 같아요

머언 바다를 건너는 새 한 마리가
푸드덕거리며 날아들었지요

사바세계를 건너는 중이라지요

눈치없이 잘 다녀오라고
수화기 너머 당신을 놓았지요

이른 봄

몸에 한기 들어서 볕이 고픈거지요
관절염을 앓는 오래된 집

혹한 겨울을 지나온 노부부가
몸피보다 둔중한 바람 속을 휘청입니다
아무도 다녀가지 않아서
마음을 저는 것인지
지붕이 마당까지 내려와 앉습니다

모처럼 아들 내외와
제천장에 다녀오는 길
귀가 먹먹하고 눈길은
안개꽃처럼 아련해집니다
늘상 길 위에 있었지만
여든하고도 일곱해, 그 머언 길을
돌아와서일까요

오후가 목을 빼고 적막해져 갑니다

시를 쓰는 일은

시를 쓰는 일은

나를 병 속에 가두는 일

마개로 입구를 막고

부력을 잡아당기는 일

내가 세계가 되고

세상에 휘둘리지 않는 일

위장이 신호를 보낼 때까지 궁핍해지는 것

허영과 가난이 한 집에 사는 것

그리하여 점점

세속적인 성공에서 멀어지는 일

헐렁한 엄마가 되고

헐렁한 아내가 되고

슬픈 신념으로 북 치는 나의 장단

진달래 피다

손톱 하나를 험하게 스치고
석 달째 회복 중에 있지요
처음엔 피멍이 들고 욱씬거려
비명조차 나오지 않았어요

안 깨물어도 아픈 손가락은
쳐다만 봐도
그저 미안했지요
날마다 외골수처럼
한쪽으로만 마음이 가데요

심지가 타들어 가는 날 보았지요
독하게 울음을 삼킨 꽃망울 하나
천천히 열리고 있었지요
북받쳐 오르는 내가 있었어요

물끄러미

낡고 빛바랜 물건이 있습니다
그냥 오래토록 그 자리에 있었는데
애정없는 마음이 들킨 것 같아
이 삼일 마음이 쓰입니다

한 지붕 아래 놓인 것들도 들쳐보면
나름 존재 방식을 오롯이 품고 있었나 봅니다
집 밖으로 내다 놓을까 고심을 하다가
시간의 온기에 군불을 지피기로 했습니다

정작 불길은 쉽게 타오르지 않았지만
숨어 있던 불씨가 탁탁 가슴을 치며
심중에 들어 옵니다 아프고 따뜻합니다

한여름의 열기는 먹구름을 불러 모았고
우연히 해산시키곤 했었지요
오후엔 비행기 소리 무심히 보태졌습니다

새

한 사람이 떠났다
이쪽에서
저쪽으로

아득한 그 너머를 떠올리자
아직 입김이 성성한 신새벽에 일어나
시를 쓰고 싶었다
존재와 상실 그 기울기에 대하여

검은 동공 심장에 붙박아 놓고
한순간 자맥질 치며 허공의
언저리를 짚고 가는 날개짓

오늘이란 영원에
깊숙이 빠진 발목만 시퍼렇게 살아있다

스미다

내 안에 고여있는
눈물인 줄 알았습니다

순도19%의 결정체가 해일처럼 밀려들면
오래전 뼈들이 달콤한
꿈을 꾸기 시작하는 시간이겠지요

한류와 난류가 만나는 선선한 눈빛을
취기라 말하겠습니다

지독한 설레임이 번지다 스며들고 있습니다
내 안에 갇혀 끝내 해독하지 못하는
내성의 시간들입니다

.

아름다운 것들

봄바람에 툭,
낙화하는 꽃잎에도 타이밍이 있을 터
한평생 바람 잦은
나무의 설렘엔 두서가 없다

연분홍 복사꽃이 이유 없이 고울리 없고
밤새 떨어진 목련꽃, 짧은 울음 끄트머리
텅 빈 공터에 이제 막,
계절을 시작하는 연두 손

간신히 터져 나온 꽃망울이
스스로를 줌으로 당겨
붉어져 올 때

말할 수 없는 것들에 대해서는
침묵해야 한다*

*비트겐슈타인의 말 인용

간절기

다음이라는 말은

히말라야보다도 높아서
힘껏 주저하다가
입속에 문장들만 그득하고
문장들은 이야기를 짓지 못한다

다음에 다음에 또 다음에
그리하여 다음에

눈 오는 날

나무의 마디를 지운다 빛의 동공도 지운다 라캉의 리듬 한
소절도 지운다 뒤따라오던 랩소디도 지운다 하하호호 여
학생들의 핑크빛 웃음도 지운다 아가들의 발싸개같은 고
단함도 지워 버리고 먼 곳을 향한 노파의 텅 빈 시선도 지
운다 어제의 양식을 지우고 오늘의 배고픔도 지운다 플랫
폼에 도착한 시간도 지우고 목적지를 향한 열차의 뒷바
퀴를 지운다 기다리다 거뭇해진 혀의 침묵도 지운다 아슬
했던 배반의 뒷모습도 지운다 꽃 같은 그날도 지우고 낙엽
같은 내일도 지운다

침묵을 위하여

피아노 협주곡 엘비라 마디간이 사라진 건
아침식사가 끝나갈
일곱시 삼십분 경

내 말들은
길을 잘못 찾아든 새처럼
나지막하게 둥지를 틀기 시작했다

물음표와 느낌표 사이를
시속 몇 킬로 속도로 달렸을까?
마알간 심호흡으로
가슴을 추스렸을 땐
둥지를 벗어난 말들이
도로에 시체처럼 누워있더군

간 쓸개 심장 십이지장, 그것들이
일제히 꽃잎처럼 붉어오는 것을
담담히 지켜보는 당신이
화석처럼 거기 서 있더군

존재와 상실
— 슬픈 신념으로 북 치는 장단

박세현 (시집 『썸』의 필자)

1

홍지수에게 시는 자신이 "세계가 되고/세상에 휘둘리지 않는 일"(「시를 쓰는 일은」)이다. 당차고 정확한 선언이다. 그 이상도 이하도 아니라는. 시를 쓴다는 행위는 그런 것이다. 시인을 넘어서 보통의 사람들이 취하는 태도도 이와 다르지 않다. 세계가 된다는 것은 어떤 의미일까. 그것은 주체가 된다는 뜻일 것이고 주체가 된다는 것은 자기 안에서 반복되는 타자의 흔적을 지워내는 일이다. 말처럼 쉬운 일이 아니라는 것을 안다, 우리는. 홍지수는 시쓰기를 통해 그것의 반복을 통해 세상에 휘둘리지 않는 자신의 세계를 이루고자 욕망하는 시인이다. 그래서 그렇겠지만

홍지수의 시는 아름다운 생각을 아름다운 문장에 담는다는 수사학적인 필기방법과는 다른 자리에 서려고 한다. 관습적인(혹은 습관적인) 시쓰기는 잘 쓰는 시와 좋은 시의 기준을 강조한다. 마치 꼰대처럼. 대체로(전부는 아니지

만) 전국노래자랑 같은 신춘문예 당선 시들이나 이런저런 문학상 수상작(들)이 당대의 고리타분한 문학적 기준을 실현시키는 표준(들)이다. 이와 같은 표준화는 지저분한 억압이다. 이런 관념고정적인 시는 누구의 말을 갖다붙이자면 '평균적인 이해'가 된다. 문학은, 시는 평균적인 이해 즉 상식적인(식상한) 틀을 부수고 나가려는 문자적 액션이다. 조심스럽지만 홍지수는 '세상에 휘둘리지 않으려는' 위험하고도 가능성 낮은 외로운 시를 쓰는 시인이다. 시는 언제나 실패로 끝나는 길이라는 의미에서 그렇다. 시의 성공은 베케트의 언명처럼 제대로 실패하는 것이다. 그렇지만

2

홍지수의 도전은 나름의 일정한(일정한 나름의) 자기 성취에 도달한 것으로 읽힌다. 그가 인식하는 시적 상황은 기본적으로 "전생이 궁금해서 쓸쓸한/저녁"이다. 지금 나는 무엇인가. 내가 직면하고 있는 이 경계는 무엇인가. 이런 궁극의 질문들이 시인을 싸고 돈다. 이런 화두를 가져보지 않은 사람은 없을 것이다. 인생살이는 바로 그런 질문을 실천적으로 수행하는 도정이다. 웃으면서 울면서 열받으면서 성공하면서 패배하면서. 그 벌어진 균열의 증상이 문학이기도 하고 철학이기도 하고 종교이기도 하다. 우리는 각자의 인연으로 "사바세계를 건너는 중"(『새』)이며 "종교도 신념의 한 처소"(『무욕』)라고 신념하게 된다. 삶은 삶을 통

해서만 깨우쳐진다. 종교적 수행이나 성찰은 종교의 소관이지만 언어예술이고자 하는 시는 일상적으로 전개되는 삶의 여러 상투성과 오작동에 기댄다. 미숙해서 어긋나고 덧나고 상처받는 인간에게만 시는 언어의 덧없는 길을 보여준다. 숙성한 인간에게 문학은 군더더기가 된다. 시시한 문자행위에 불과하다. 문학이 완성된 철학이나 종교와 불화하는 대목이다. 성자나 인격자들에게 시는 무슨 소용이겠는가. 문학은 인간으로 세상에 온 자들의 (적)극적인 헷갈림의 산물일 뿐이다.

　　수박을 반으로 잘랐더니 빨간 속살이
　　유난히 까만 씨앗 투성이다
　　도려낸 것을 툭툭 건드리니 수박씨가
　　우수수 쏟아졌다
　　내면에 꽉 찬 형형한 눈빛이라니

　　유난히 어둑어둑해지는 날들이 있었다
　　침묵에 떠밀려 가는 말들을 지켜보는
　　눈빛은 수박씨만큼 선명했을까
　　묵시적인 것만큼 도드라지는 건
　　어둠뿐이란 듯이

　　가고 싶은 곳을 끝내 가지 못하고

눈빛만 또렷한 수박씨처럼

서럽고 붉은

내 마음의 오지, 환하다

—「유난히」 전문

이 시가 홍지수 시의 핵심이 아닐까, 싶다. 아니면 어쩌지, 하다가 아니라면 할 수 없지 그러면서 모르는 척 키보드를 두드린다. 시는 시인의 것. 맞다. 시는 독자의 것. 그것도 맞다. 어느 쪽이 맞는가. 둘 다 맞다. 쓰여지는 순간 시는 시인의 소유물이 아니라는 게 오래된 이론의 타협점이다. 나는 이 자리에서 일개 독자의 자유를 누리는 중이다. 그러니 시 해석에 관한 이해와 오독은 전부 나의 것으로 돌아온다. 위에서 전문을 인용한 시 「유난히」는 유난하지 않은 톤으로 유난하게 독자를 공감시키는 힘을 갖는다. 수박을 잘랐을 때 붉은 속살 속에 박힌 까만 수박씨의 색채 대비를 통해 그 수박씨를 '내면에 꽉 찬 형형한 눈빛'이라 쓰고 있다. 시인은 자신이 지향하는 바에 이르지 못하고 현실 속에 갇혀 있는 상황을 전제한다. 그럴수록 시인은 자신이 '가고 싶은 곳을 끝내 가지 못'한다는 현실적 상황을 절실하게 확인한다. '형형한 눈빛'은 그와 같은 심정에 대한 반작용으로 시적 표현의 광채를 얻고 있다. 이 눈빛은 시인의 것이지만 동시에 자기 존재에 대한 해명을 요구하는 모든 인류의 그것일 것이다. 이 시가 품은 놀라움은

이 지점에 있다. 누구나 '서럽고 붉은 마음의 오지'를 한 평씩 거느리고 살아간다. 끝내 해결되지 않는 그 마음. 그 오지는 스스로 가 볼 수 있는 현실의 영역이 아니다. 그 오지는 없기도 하고 있기도 한 설정의 이데아다. 누구도 도달할 수도 해결할 수도 없는 지점일 것이다. 이런 현실을 살아내는 시인은 '머나먼 나라의 말을 배우'거나 '차오르는 수압을 낮추'면서 '주술 같은 언어를 삼키'는 방편을 선택한다. "무릎을 껴안고 시를 읊는 사람"(「처서 지나고」)은 자기 안에 들끓는 자기를 정면으로 바라보는 주체다. 자기이면서 자기는 아닌 또는 자기는 아니면서 자기이기도한 그 정체 혹은 오온개공을 껴안고 살게 된다. 누구나 그렇듯이. 시인 홍지수는

3

자신에게 차오르는 견딜 수 없는 수압을 밀어낸다. 솔직하고 뜨겁게.

눈가가 촉촉한 새들이
마른 하늘가로 가서 눈물을 흘리네
이런 날은 허밍하듯 시를 쓰고 싶어
우우우 우우우

휘날리며 달려드는 날개 같은 시

그 날개에 오래전 농담을 싣고 사뿐사뿐

추락하고 싶어. 거침없이 황홀하게

우우우 우우우 우우우 우우우

떨림에 눈을 반쯤 감겠지 눈동자가 생기겠지

—「첫눈이 내리면」 전문

이 시를 접하면서 홍지수의 시적 발랄함을 읽는다. 보폭이 짧고 경쾌한 가벼움은 금방이라도 날개를 달고 날아갈 듯 하다. 허밍하면서 농담을 하면서 날아가는 새를 꿈꾼다. 그러나 시는 '우우우'와 같은 비명을 배경으로 반전한다. '추락하고 싶어. 거침없이 황홀하게'가 시의 극점을 만든다. 추락과 황홀은 시인이 선택하고 싶은 역설이다. 추락은 두렵지만 추락의 끝에서 시인은 새로운 눈을 얻기를 소망한다. 시쓰는 홍지수의 일상적 감각 그리고 존재론적 지향은 이 시에 여지없이 방점을 찍는다. 거침없이, 황홀하게 추락하면서 얻고 싶은 (새로운) 눈동자. 그 눈으로 세상을, 자신을 직관하고 싶은 열망이 아니겠는가, 싶다. 모든 시는 아니더라도 대개의 시는 이 욕망과 마주한다. 즉, 나는 내가 아니라 당신(들)이 모자이크한 나라는 사실을 벗어나 나를 재구성하고 싶은 욕망이 그것이다. 그러니 시는 일인칭에서 출발하여 일인칭으로 회귀하는 유일한 글쓰기다. 자기 다리는 셀프로 긁을 수 밖에 없다. 홍지수의 시가 삶에 개입하는 사사건건을 통하여 자기 존재를 탐색하는 일은 자연스러운 당위에 속한다. 너무나 이 당연한 사실에 나는 밑줄을 긋고 있다.

아직 입김이 성성한 신새벽에 일어나
시를 쓰고 싶었다
존재와 상실 그 기울기에 대하여

—「새」 부분

시의 한 부분이지만 한 줄 한 줄이 무겁다. 심각하다. 신새벽에 일어나 자기 루틴으로 노트북을 두드리는 작가들의 일상과는 다른 자리에 있는 욕망에 대한 노출이다. 아침에 일어나 '손이 식기 전에 글을 쓴다'고 했던 말과도 다른 절박함이 배어 있는 시행이다. '존재와 상실 그 기울기'에 관한 시는 쓰여진 것이 아니라 '쓰고 싶은' 내용이다. 시인은 언제나-이미 '입김이 성성한 신새벽'에 깨어나 있을 것이다. 그것이 시인 홍지수의 실존이겠다. 마치 "내장을 비운 몸처럼 결연"(「대나무를 넘보다」)하다. 설령 (시인이) 새벽잠이 많다고 하더라도(^^) 그것은 그것이다. 시는 겨냥된 지향점이지 꼭 사실에 부합하는 것은 아니다. 진실한 척, 개성적인 척 하면서 징징거릴 필요까지는 없다. 여기까지 떠들다보니 그냥 지나갈 뻔 한 시가 있어 얼른 소개하고 눈 밝은 이웃들(누구지?)과 같이 읽어보려 한다. 시인 자신이 시를 쓰는 까닭에 대해 대놓고 쓰고 있다는 점에서 눈길을 끈다. 인용은 「시를 쓰는 일은」 전문이다.

시를 쓰는 일은

나를 병 속에 가두는 일

마개로 입구를 막고

부력을 잡아당기는 일

내가 세계가 되고

세상에 휘둘리지 않는 일

위장이 신호를 보낼 때까지 궁핍해지는 것

허영과 가난이 한 집에 사는 것

그리하여 점점

세속적인 성공에서 멀어지는 일

헐렁한 엄마가 되고

헐렁한 아내가 되고

슬픈 신념으로 북 치는 나의 장단

(여기까지 쓰고 나는 산책길에 나선다.) 키보드를 두드리는 손가락에 힘이 빠졌다는 말인가. 그럴지도 모른다. 왜 안 그렇겠어. 그보다는 남의 언어에 내 언어를 이어본다는 작업이 어색해진 것이다. 어떤 기표가 시인의 사유를 해방시키듯 모든 시는 각자의 시다. 반복하겠다. 시는 각자

의 해석이다. 거기에 다른 설명과 해석은 각자의 뇌피셜이다. 앞에서 타자했듯이 시는 타자의 흔적을 지워내는 작업이다. 각자의 생각으로, 각자의 걸음으로, 각자의 리듬으로 살아가야 한다. 이 불가능한 희망 앞에 우리는 서 있다. 그래서 시는 홍지수처럼 '허영과 가난이 한 집에 사는 것'이다. 허영은 진지한 인간의 꿈의 기표다. 허영만이 진실을 담보한다고 보는 것은 나의 허영이다. 허영은 소망이고 가난은 현실이다. 과하게 말하자면 드라마 속의 멋진 배역은 허영이고 거기에 미달하는 배역은 가난이 된다. 허영을 경과해서만 우리는 가난의 실체를 이해하게 된다. '헐렁한 엄마가 되고/헐렁한 아내'가 된다는 말은 서글프지만 솔직하고 솔직하지만 핍진하다. 여기에 나는 댓글을 단다. 헐렁한 시인이 되어야 한다고. 정색한 시인들은 대개 중심을 놓치기 쉽다. 가짜뉴스를 진짜뉴스로 보는 시각은 진짜뉴스를 가짜뉴스로 보는 착각과 다르지 않음이다. 세상은 가짜뉴스의 시연장이다. 그것을 다른 말로 환상이나 픽션이라 해두자. 커튼이 가리고 있는 세상. 커튼을 걷으면 무언가 있을 것 같은. 그러나 커튼 뒤에는 아무것도 없다는 것이 환상의 진실이라면 이것을 가짜뉴스라고 해서 달라질 것은 없다. 가짜뉴스는 꿈이자 환상이다. 홍지수는 이런 세상을 가로지르며 슬픈 신념으로 자신의 인생에 장단을 치고 있음이다. 그것이 그가 자신을 병속에 가두고 자신의 부력을 즐기는 일이고 그것이 그의 시쓰기가 된다. 이 정도라면 시

쓰는 자의 전투대형은 충분히 갖추어진 것. 이처럼 명료하게 자신과 자신의 있음을 궁구하려는 태도에 대해 나는 공감한다. '슬픈 신념으로 북 치는 나의 장단'에 방점을 찍으려는데 방법을 몰라 그냥 지나가니 여기 읽는 이들은 손수 찍어서 읽으면 좋겠다. 이 시집에는 자기의 있음(존재)에 대한 탐색과 짝을 이루는 없음(사라짐)에 대한 시들이 여럿 보인다. 그러한 시들을 일러

4

상실에 관한 시라고 부를 수 있다. 있음과 없음은 동전의 양면이 그렇듯이 분리가 가능하지 않은 삶의 한 형식이다. 있으면서 사라지고 사라지면서 존재한다는 말은 사실이다. 홍지수 시에 드러나는 상실은 헤어짐에 관한 시들이다. 대체로 죽음에 관한 시들이 상실감을 대변하고 있다. "한 사람이 떠났다/이쪽에서/저쪽으로"(「새」) 시인은 죽음이라는 사건도 이렇게 퉁친다. 아니 그럴 줄 안다. "아무렇지도 않게 무심히/새들도 서쪽 하늘로 날아가더"(「그게 그렇더군」)라는 성찰은 시인의 시선이다. 태연한 척 "저녁의 눈들이 맹인을 데리고/서역으로 가"(「나무 3」)는 장면을 담담한 척 관(觀)할 뿐이다. 한 인류가 사라진 자리는 그가 서 있던 자리이기도 하다. 그것이 상실의 양면성이다. 누군가의 마지막 장면은 "허물 벗은 하얀 나비"(「문상」)가 되어 시인에게 되돌아온다.

연산홍이 필 무렵이다

그대를 만나러 가는 길이다

먼 산에는 눈이 하얗고 기슭을 내려온 눈이

분주하게 그대의 머릿결에 스민다

봄눈이구나 했을 때, 벚꽃이 화르르 몸을 떨며

시위하듯 일면식하다

―「천도재를 지내며」 부분

제목처럼 이 시는 '연산홍이 필 무렵' 누군가의 영가를 천도하는 장면이다. 설명은 필요 없지만 구구한 설명 뒤에도 설명되지 않는 나직한 슬픔이 남아돈다. 몇 줌의 잔설 같은. 이 자리에 없는 이에 대한 기억들이 봄눈처럼 벚꽃처럼 '화르르 몸을 떨며' 시인에게 다가와 생시를 깨우친다. '일면식하다'. 천도재는 추모이자 애도의 형식이다. 애도는 한 영혼에 대한 기억을 비우고 지워내는 과정이다. 시인은 다음의 시처럼 스스로 묻고 스스로 대답한다.

구름의 형식으로 안부를 물었지

햇빛 사이로 여우비가 지나갔지

술래처럼 천천히 눈을 감았지

한동안 아무것도 잡히지 않았지

문장이 되어, 뭉게뭉게 건너가서

그곳에서 아득히 살았지

—「추억 1」 부분

그곳에서 '문장이 되어' 산다는 시행이 '아득히' 시적으로
울린다. 시가 가리키는 그곳은 그곳이면서 시인이 서 있는
이곳이기도 하다. 주저하며 마음의 손을 흔드는 이곳이 그
곳이다. 있음은 즉 존재는 불가피한 부존재의 자리다. 있는
듯이 없으며 없는 듯이 존재하는 것. 그러므로 상실은 존재
의 증거가 된다. 홍지수의 시에서 드러나는 존재와 상실은
같은 자리에서 일어나는 동시적 사건이다. 이 시집에 등장
하는 새는 비상하는 자유로움을 의미하면서 존재와 상실
을 매개하는 것으로 읽힌다. 이쪽과 저쪽의 어디쯤을 날고
있는 새. 그 날개짓.

천년의 그리움이 깃들면 새처럼
가벼워질 수 있을까
성근 육신을 공중 부양할 수 있을까

있는 마음이라도
온전히 붙잡고 시방을
날아오를 수 있다면, 있다면

예감의 새처럼 한쪽 기슭에

부리를 묻고 천년을 살겠네

—「길 위에서」 부분

'공중 부양'은 하나의 꿈이다. 가능한 것이 아닌 줄 알면서도 시인은 이런 바램을 갖는다. '예감의 새처럼' '천년을 살'고 싶은 소망은 현실을 살아내는 존재의 힘겨움을 반사한다. "머언 바다를 건너는 새"(「끈」)는 사바세계를 건너는 중이다. 이곳이 아닌 저곳을 향하는 허공중을 날고 있다. 다음에 읽는 「가을 1」은 이 시집에 들어있는 상실과 연관된 시 가운데 그 중 인상적이다. 초고는 '아름답다'고 타자했다가 수정 과정에서 '인상적'이라는 말로 바꾸었다. 아름답다는 말이 본래의 값을 상실했기 때문에 또 이 시에 덜 어울린다는 소심한 망설임 때문이기도 하다. 아무튼. 이 시편으로 시인은 자신이 감당한 어떤 작별의 정서를 '나룻배 한 척'에 아름답게 띄워보내고 있다. 시의 배후에서 정선아리랑 한 대목이 강물의 속도로 흘러가는 듯. 유장하다. 거기에 녹아있는 어떤 것들. 이름 붙이기 거북스러운.

거처없는 한 사람이 길 떠나는 저녁
어깨를 들썩이며 조금 울어야겠다

나를 떠난 강물이 돌아온 것 같았다
나룻배 한 척 띄워야겠다

5

나는 홍지수가 띄운 나룻배에 실려 여기까지 흘러왔다.

여기는 어딘가? 글쎄다. 시의 끄트머리 그 정적의 뒷골목에 이르른 것이다. 다음에 더 무슨 말을 할 수 있겠는가. "다음이라는 말은/히말라야보다도 높아서"(「간절기」) 주저하게 된다. 주저하는 것. 그것이야말로 시의, 모든 시의 근본적인 운명이 아니었던가. 홍지수의 시는 오랜 숙련과 사색의 과정에서 결구되었다. 깊은 속을 얻고 있지만 시인 역시 정말 하고 싶은 말은 '다음에 또 다음'으로 미루고 있다. 주저함의 연쇄가 그의 시라고 호명하고 싶기도 하다.

시집의 마지막에 배치한 시 「눈 오는 날」은 지우는 시다. 특별한 시다. 무엇을 지우는가. 시인에게 다가왔던 거의 모든 것을 일거에 지운다. 비로소 '꽃 같은 그날도 지우고 낙엽 같은 내일도' 지운다. 겉멋으로 말한다면 시인은 쓰는 존재가 아니라 지우는 존재다. 너무 단정적인가. 우좌지간. 지운다는 서술어에 의지하여 시는 산문적 흐름으로 끝이 없을 듯이 이어진다. 지우고 또 지우고 그리고 다시 지우는 이 소멸의 필기방식은 자신의 시적 여정을 가감없이 요약하는 속말로 이해된다. 여기에 "한평생 바람 잦은/나무의 설렘엔 두서가 없"(「아름다운 것들」)다는 시행을 가볍게 얹어둔다. 나는 또는 우리는 두서없음을 두서없이 살아낼 뿐이다. 이게 삶이라니! 놀라면서 놀라는 척 하면서 각자의 "습한 생"(「소나기 지나고」)을 지나간다.

내가 이해한 홍지수가 두드리는 슬픈 시적 장단에 대해서 지면 관계상(지면 제한은 없지만) 슬쩍 한 발을 빼는 시늉을 할 타이밍이 되었다. 모든 이해가 그렇듯이 홍지수 시에 대한 나의 이해는 홍지수 시에 대한 나의 오해의 한 판본이다. 홍지수는 좋은 시인이고 그의 시는 좋은 시다. 이렇게 쓰고 싶지만 앞의 말들은 수정이 필요하다. 좋은 시인이나 좋은 시라는 것은 문학판의 심리적 조작이다. 세상에는 좋은 시가 있는 게 아니라 각자의 시가 있다. 좋은 시인이 있는 게 아니라 타락한 인간이 있을 뿐이다. 타락은 관습에서 물러나 거기를 응시하려는 문제적 인간을 가리킨다. 시는 읽는 장르가 아니라 쓰는 장르다. 모든 시는 불가피하게 '자기 앞의 생'을 얼른 휘갈겨 쓰는 것이라고 나는 정리한다. 그래서 다시 수정한다. 홍지수는 자기의 시를 충분하게 썼다. 그렇게 말하는 것이 문학의 진정한 '원칙과 상식'에도 합당하다. 글을 마치려고 하니 어디에서 마쳐야 할지 그 핑계가 떠오르지 않는다. 그래서 했던 말 계속 중얼거리면서 버벅거린다. 환자의 수술을 마친 의사가 했다는 말. 수술은 성공적이었지만 환자는 죽었습니다. 컴퓨터 전원을 끄기 전에 시 「핑계를 찾아서」의 마지막 부분을 내 독후감의 마지막 문장으로 남겨둔다.

막차를 기다리며
돌아갈 궁리를 해본다

헐렁하게 안전벨트를 묶고
안심한 표정으로 삶을 긍정한다

힘주어 반복적으로

풍경의 그림자

2024년 2월 5일 초판 1쇄 인쇄
2024년 2월 15일 초판 1쇄 발행

——

지은이   홍지수
펴낸이   강송숙
디자인   캐빈하우스
인 쇄   캐빈하우스
펴낸곳   오비올프레스

——

ISBN 979-11-89479-12-1

——

출판등록   2016년 9월 29일 제419-2016-000023호
주   소   (26478) 강원특별자치도 원주시 무실새골길 52
전자우편   oballpress@gmail.com

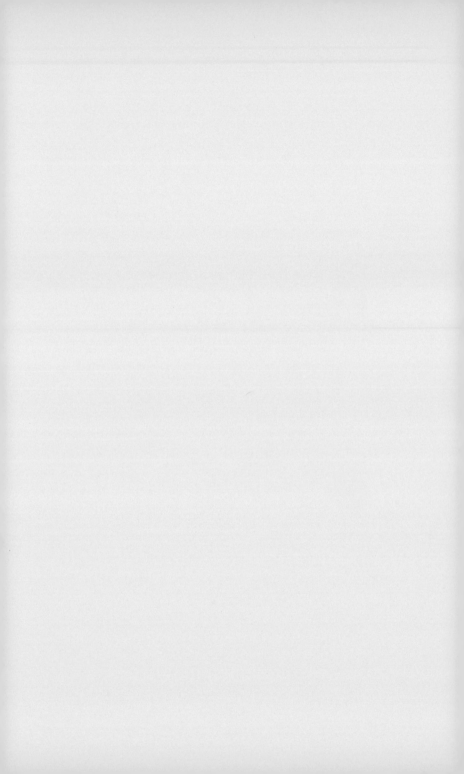